새미시선 15

# 추석

윤어천 시집

새미

이 도서의 국립중앙도서관 출판시도서목록(CIP)은 서지정보
유통지원시스템 홈페이지(http://seoji.nl.go.kr)와 국가자료공동목
록시스템(http://www.nl.go.kr/kolisnet)에서 이용하실 수 있습니
다. (CIP2013006882)

# 제 사

이 시집이 우리 시단에 새로운 풍년을 이룰 것을 의심하지 않습니다. 아마도 시조 가락에 얹힌 새로운 사실주의적 서정의 혁신을 가져올 수 있는 한국 서정시의 새로운 실험의 장이 되지 않을까 생각합니다. 어천의 시에는 이 땅의 향그러운 흙냄새가 물씬 묻어납니다. 그리고 한 걸음씩 딛는 시의 길 곳곳에 하늘 볕이 소리 없이 가득하고, 평소 안으로 갈고 닦은 온유돈후의 배음이 혼연합니다. 아무 거리낌 없이 달인의 경지를 가볍게 밟는 오롯한 시의 리듬이 서정을 풍요롭게 하면서 자연의 율려를 잔잔하게 담아냅니다. 특히 형식에 구애 받지 않고 툭툭 화두를 던지는 시품은 우리 시의 그윽한 멋과 정밀한 생명감을 실어내기에 충분합니다.

이영섭(시인 · 가천대 명예교수)

# 차 례

# 제4부 이때 여기에서

# 해설

# 제1부
## 추상(追想)

# 서 시

땅 위를 기는 벌레

남의 삶을 살 수 없는 아득함이어

별처럼이나 멀구나

# 누이에게

우리가 물이라면 괴어 엉기는 피 말고
춤추듯 골짜구니 나려오는 물이라면
지줄 대는 가슴 가득 담긴 말
바위는 들어주리 낯바닥 주억거리며

우리가 바람이라면 맘 졸이는 살덩이가 아니고
들판 가득 새들 날아 태우는 바람이라면
청천 하늘 구름 헤살지음에
솔나무는 웃으리 살짜기 고개 저으며

햇볕이라면 네 여린 숨 다숩는 햇볕
불길이라면 네 시린 손 녹이는 불길
난 떨지 않으마
눈보라 막아주는 성벽이 되어
어깨 위에 빛나는 별들을 올려놓으면
마루청 끝 보선발 재겨 우러러
넌 초승달 눈썹이 더 고와질게야

난 속으로만 울리라
울음이 강물처럼 풍성하게 넘쳐흘러
너나 새 건네주는 뱃전에
흰 옷 그리매 느렁거리는 뱃전에
할아버니 가르쳐준 노래를 부르련다

누이야 바다에 이를 강물보담도 먼 길 가야할
고무신 보듬은 손톱반달 봉숭아 물든 누이야

# 꽃 길

꽃길을 걸어가는 사람들 아름답다
크고 작고 이르고 더딘 나고 자람이
들쭉날쭉한 꽃대궁을 따라
걸음이 그 많은 오르내림의
유연한 흐름으로
물 위를 가는 배처럼이나
구름을 타고 가는 선인仙人처럼이나
어디로 가는지 물어보지 않아도
가는 곳 알 수 있고
가는 곳 말하지 않아도
묻고 싶지도 않다

꽃길을 걸어가는 사람들 예쁘다
햇빛에 따라 가지각색으로
빛나는 꽃잎파리처럼
미소가 그 많은 웃음소리의

다채로운 모임으로
새움을 틔우는 나무처럼이나
교태 겨운 새울음처럼이나
참으려야 참을 수 없고
저절로 절로절로
터져 나오는 그 얼굴 예쁘다

# 우리는 산으로 간다

우리는 산으로 간다
화강암에 뿌리 서린
등성이 솔 바라며

은은한 햇살 받은
숲에 웃음 감돌고
칡덤불 새로
들국화 반가이 인사 한다

철 따라 알맞추
갈아입는 태깔에다
물 철철 흐르고
기암괴석 첩첩한

산으로 산 속으로만
세상 일 잊어버리고
깊이깊이 들어간다

# 애 정

당신과 저 사이에 있는 거추장스러움을 용납하여 주사

그 자리에 그냥 두소서

나중에 우리들의 거리마저도 사라지면

그것들만 남으리니

# 추상(追想)


구름이 뭉실 펴오를 때

매미채 놓고 했던 생각

다시 떠오르지 않나요

비록에 때 묻은 옷 걸친

다 늙은 몸이라지만

묘비명


너의 이름이 희미해질 무렵

너는 원래 이름 없던 자리로 돌아갔다

# 수산 시장 에서

불 켠데 모여듬은
다숨을 찾는 겐가

어둠을 밀어낸 전구 아래
화안하게 드러난 물고기 뱃살

등판이 시려도
앞에선 웃어야 하리

팔리지 않아도
사라고 외치듯이

광어 농어 숭어 준치
갈치 고등어 서대 복어
문어 전복 소라 게
미역 다시마 김 오징어

바닥엔 늘 물이 질척하고
공기엔 비린내 섞여있다

냉동 얼음을 갈아입고서
빛 찾은 누깔이 무얼 보고 있누

아지매 회칼이
재게 놀려지고

총각 발놀림도
점점 바빠진다

이 안에선
딴 생각할 틈이 없구나

일심으로 몸 놀리니

도량이 따로 없구나
입맛 다시는 논나니 건달들아
합장이나 하고 받아 가렴은

# 남 태 령

넘어간다 남태령
가기 곧 가면 어딘가
과천 안양 되나
화강암 산줄기 뚝 잘라
너를시고 길이어
수원 가면 갈비 뜯고
천안 가서 술 마시러
간다 술술이
남태령 넘어간다

일본놈 아흐
각반 찬 주사놈
잣대기 긋고
화약 터뜨려
신령스런 바휘부리
덜컹 무너질 때

아흐 우던 소리
상기도 들리나니

간다 남태령 너머
꼬리 잘린 이무기
기어서 간다
가기는 가더라만
가는 곳 어디이뇨

부산 지나 대마도, 하관下關
태평양 건너 LA, 샌프란시스코도
가더라마는
게 지나 뉴욕 런던
한 바퀴 돌면
거기가 여기 아닌가

온다 남태령 너머
죽었다던 이무기
되살아 온다
전조등 횃불처럼 켜고
자동차 긴 행렬들
꿈틀거린다

# 수문통 기억

인천 화수부두
넘실대는 누르푸른 물살

석양 받은 유리창에
비추이는 돛대 끝

만선기 홍 가서
늘어졌구나

어느 이국선이
버리고 갔나

녹슨 큰 닻
항해를 그리고 있다.

다리 건너
불빛 환한 공판장

중개인 목청이
맴도는 좌판 위

값 놓는 서슬에
크게 눈 뜬 선어들

부두로 나가는 긴 방죽
멋대로 부린 돌무더기
이끼 낀 데 해초 묻었다

갯벌 내음은
오래된 기억

물장구 치던 염전 저수지
수차며 협궤 열차

마음 속에
아직도 돌아가고 있다.

저기 한 바다에
목재 끌고 지나는 바지선

입항을 알리는
고동 소리에

붉은 등대가
또렷이 드러난다

# 담쟁이

오르는 것은 황홀하다
우리가 거기서 내려왔기 때문이리라
여기 사는 일이 고달파도
늘상 잊지 않고 있음이
매달린 넝쿨처럼 주렁주렁하나니

이르지 못하더라도
그리로 향함만으로도
몸이 가벼워지는 것이니
장차 꼭대기에 닿아
거꾸러질지라도
가는 길이 있음만으로
흐붓한 것이니

하물며 되비친 햇볕이
반들거리는 잎낯이야

가릴 수가 있는가
가릴 수가 있는가

# 산

우리나라에 산이 많은 걸 새삼 깨닫고
보이는 묏부리마다 정겨워진다
내가 가본 산길이 그 가운데 있는 뫼를 대하면
든든한 큰 아저씨라도 뵈온 듯
왠지 마음이 으쓱해진다

산에는 너른 행길도 있고
나무 하러 다니는 소롯길도 있는데
이 길을 따르다보면 곧잘 길을 잃게도 된다
짐승들이 다니는 실낱 같은 자취는
눈을 가녀리게 하고 마음을 모아야 겨우 보인다

봇짐을 지고 두런두런 이야기 나누며
재를 넘어간 옛님들이 수도 없이 다져 놓은 발길을 더
듬으며
나의 숨결이란 이 길을 따라가다가 멈추는 것일 뿐임을

문득 깨치고 걸음을 멈춘다

아흐, 못 오른 뫼 많아 수많은 날 기두릴 목숨이어

# 순간

가지 끝이 흔들리고
구름이 흘러가기에
바람이 일고 있음을 알았다

수선 떨지 않는 내 사랑은
언제나 한 곳에 다소곳한데

몸이 늙고 마음이 지쳐
더 이상 그대가
곁에 없을지라도

바람이 지난 길처럼
흔적 없는 기억이
길이 남을 것임을
믿었다

# 제2부
## 동수(東樹) 역에서

# 미 뿅

*— 장민용에게*


음악을 사랑하는 친구
한 생은 내처럼 흐르나니


기쁨과 슬픔의 부침도
지나면 다 아득한 구비


지금도 들리는 선율처럼
바라는 시선은 늘 거기에


그 때 그 자리 그대로인걸
변한 것은 다만 바깥 세상


차라리 눈물로 씻겨 보낼지언정
가는 물을 움키려는 말아야지


친구야, 이제 남은 날도
하냥 선선히만 보내자꾸나

# 화가 친구들에게

형상이 이미 간직되어 있기에
붓은 발치부터 꼭두까지 가리지 않는다
낯 선 윤곽이 깨쳐지기까지
멎지 않는 손놀림

누가 너희를 창조자라 했던가
뵈지 않던 모습을 드러나게 하기까지
마지 못하는 작업
구하는 것이 돈도 명예도 아니기에
오로지 아름다움만을 좇는 애끓임

그림자, 그림자여
빛이 정한 방향이기에
너희도 바꾸지는 못할
숨겨둔 물체의 이면

그림자에 충실하면서
너희는 지상의 양식을 축 내는구나
시스티나 성당의 미켈란젤로도
가교를 받치고 누워서 천국을 그렸다지

목도 휘지 않았으면서
천국을 바래기 일삼는
너희 거렁뱅이들아
아름찬 참을 구걸하는
영원한 하늘의 떨거지들아

# 옥 천

넓은 벌 동쪽 끝으로
다스린 수로가 갈라서고
웅기중기 뜻대로 선
3차 산업 건물들이
제저끔의 소음을 낸다

시내버스 몇 정거장이면
대전에 들어서기도 하지만
고개 하나 새로
보리밭이 일렁거리는
옛 모습이 남아있다

스카이라인이란 애당초 없는 풍경은
굽신대지 않는 사람들 기상을 닮았다
시원한 올갱이 국물 마시고
잘 익은 막걸리 한잔 들이키면
챙겨야 할 나머지란 꼿꼿한 양반 자세

연안 이씨 월사공* 서원을
대원군이 무참히 깨부수었어도
종부가 읊조리는 가계에는
지나간 영화가 담겨있다

함부로 들까불지 마라 매판 언론들아
늬네 같은 신문을 보느니
자작으로 우리 얘기를 실어보겠다

옥천신문 편집실에는
구식 집기가 썰렁하지만
살아있는 정신이 그득한
독자들은 이곳만의 자랑이다

---

* 이정구(李廷龜), 1564(명종 19)~1635(인조 13). 조선 전기 문장 4대가(四大
家)의 한 사람.

그러기에 지용 시인이 나잖았는가
깜장콩 푸렁콩을 주마고
소리의 원 구비를 찾아가던
시인의 예민한 눈초리가
이곳 산부리에 그려져 있다

구비진 금강 상류를 따라 오르며
원래의 아름다움을 훼손한 자들에 대한 분노는
영원히 그칠 수 없다는 다짐을 하게 된다

오, 백주白洲** 현주玄洲***가 다스리던 시율이어
물굽이처럼 그치지 않아
지나는 나그네의 심금까지 울리나니

---

 ** 이명한(李明漢), 1595(선조 28)~1645(인조 23). 이정구의 아들.
*** 이소한(李昭漢), 1598(선조 31)~1645(인조 23). 이정구의 아들.

박정희가 그렇게 누르려했어도
낡은 슬레트 지붕 아래에는
옛 가락이 상기도 퍼오르고 있다

# 명(命)


아무 일도 이루지 못했다 하지 말라

세상의 슬픔에 부대껴

갈대처럼 풀잎처럼 흔들리는 동안

낮이 밤이 되고

어둠에 묻힌 산그늘이 지워지고

저 반대 켠엔 등불이 켜졌다

슬픔의 고랑이 있으므로

봉우리는 더 높아지나니

아침이면 사라지는 암흑처럼

내내 슬프기만 한 것은 아니었어

때로 남기는 웃음을 이어

가느다란 명줄이 끊기지 않았으니

그런 큰 일을 두고 다른 말 말라

# 동수(東樹) 역*에서

동녘을 향한 플랫폼
끈이 넉넉한 가방을 메고
서성이는 얼굴

수양버들에 어른거리는
아침 햇살의 번짐

차창 밖 산들은 물처럼 흘러서
바다에 닿아 있으련만

가고 없는 이를 그리는 마음은
정해진 궤도를 달리는 바퀴를 닮아

---

* 인천 지하철 1호선의 역명. 부평역 다음 역으로 인근에 성모병원과 그 넘어 시립 장묘 공원이 있음. 이 역을 지날 적마다 돌아간 동수(瞳樹) 류재일을 떠올리게 된다.

이 자리 서있는 두 발은
몇 년 전이나 같은 델 딛고 있다

# 삶

나뭇잎 지는 오솔길이다

사람이 살아가는 길이란

그 길목으로 들어와

볼을 스치는 바람이다

살아가며 닥치는 일이란

가지 새로 보이는 하늘이며

게 떠있는 구름이다

지내보면 아무 것도

잡히지 않는 이칠란

끝이 보이지 않는 첩첩 산길이다

쉴 새 없이 어딘가로 가야만하는 삶이란

# 모더니티(근대성)

느슨하고 치렁치렁한
매무새, 전통이라고도 함

빡빡하고 깡퉁한
맵시, 각쟁이로도 불리움

산뜻한 기분이란 뭔가
제 푼수에 우쭐대는 거

우아한 품격이란 또 뭔가
아닌 척하는 점잖빼기

어눌하고 굼뜬 친구들아
흉내 내기 어려운 걸 갖고 있으니

처진다고 불안해말고
생긴 대로 놀아보자꾸나

# 운명

정해진 데 없이
옮겨가는 새의 걸음이나
시키지도 않는데
저절로 새끼를 치는
암수의 짝짓기나

우리들 사람이
제 어미 아비를
닮아 나온 내력들이

오래인 약속으로
맺어진 것이련만

너무도 긴 점지이므로
아는 듯 모르고 있네

천둥이 먹구름 속에
울던 날도


눈보라 벌판 가운데
휘몰아치던 날도


사람이 끼리끼리
헐뜯고 다투던 날까지


연유 있는 까닭에
새고 지던 것이련만


모른다네
너무도 깊은 파장이므로
전혀 느낄 수 없다네

# 가슴앓이 사랑꽃

인연의 내와 뫼 건너
돌아간다고 갔다만
거기 온 자리에 서 있는 너

그리움으로 왔던가
기다림으로 있던가

붉은 치마 선연한 차림으로
너는 낯빛도 변하지 않은 채
등 굽은 나를 굽어보고 있다

흰 얼굴이어, 어둠에 빛나던
가녀린 손가락이어, 네가
들었던 꽃이 시들어 뒹굴어도
너의 시선은 굳은 채
내가 넘은 언덕만 바라고
반 여민 입새론 미풍 한숨을

바라건대 우리에게
그 시간을 다시 허락한다면
나는 영영 네 곁을 떠나지 않으마
죽어 돌이 되어 삭아 모래로 날리도록
내 시들지 않는 꽃을 네 손에 쥐어주마

이제 다시 떠나야 할 길은
이 땅 위엔 없는 길이니
너를 등지고 가야하는
내 앞길을 끝내 돌아보지 말려므나

# 유행가 인생

유행가 가락이 넘치는 아침
몸이 가누어야 할 길을 알려 준다

가수들도 조직이 있어
마음대로 노래할 수 없다나

어릴 적부터 순차를 익힌 몸이지만
머리에 펼쳐진 책장 때문에

불편하고 짜증이 난다
잘못된 거라고 외치고 싶다

바로 곁에 편안한 하품 하는
왕초가수 같은 얼굴에 대고

나 싫소 하지는 못하고
이냥 견뎌야하니

몸이 살아가는 길이란
고초일 수밖에 없는가

유행가 가락이 그치지 않는다
대낮에도 한밤중에도

# 전 철 에 서

여자들은 하이힐 굽 위에
올라서 있고
승객들은 흔들리는 손잡이에
매달려 있다

내릴 곳이 모두
정해져 있고
차는 시각에 맞추어
운행된다

올라서고 매달리고
정해진 맞춤이
바뀔 수가 없으니
갑갑하고 부자연스럽다

왜 거기에 가야하며
맞추어서 내려야하는가

전철의 속도는
물음을 허용하지 않는다

승객들은
갇혀있고
여자들은
내려설 수 없다

# 겨울 강가에서

겨울 강을 내려다 보는
나무 둥치
흠집도 옹이도 많다

가라앉은 물살에
모래톱이 저만치
비껴 서있고

풍경은
정지된 그림으로
나무를 마주 한다

돌아간 이들이
그리운 시절

봄이 와도
이루지 못할

무망한 기다림이
펼쳐진 수면에

물새도 깃 찾아가
한 마리 없다

나무가 기다리는
봄은 오려나

겨울눈만
마디마디 차분하다

# 사랑

사랑의 바람은 마음 속
깊은 상처를 뒤적이고

사랑 앞에서 순결하고픈 몸부림
지울 수 없는 생존의 흔적을
보아줄 사람만이 참사랑을 주나니

왔다가 가는 바람으로는
씻길 수 없는 상처라야만이
살아있다는 생생한 표지이기 때문

# 꽃

꽃은
환히 피어남
밝게 빛남
또렷한 짙음
뜨거운 부품
세찬 터침

곁에 바위가 웃고
고목 주름살 펴진다

부리
술
대롱
받침까지
낱낱이 정성 드린
매무새며

전신에 흐르는
향훈이여

우리는
땅 위에 기어가는
버러지 삶이지만
꽃 피는 날에는
천길 벼랑이
두렵지 않게
기세가 차오른다

꽃 피는 날을
기다리는 일이란
얼마나
지고지순하였던가

# 정선 한치에서

시작은
어둠과 천둥이었어라
비 한 줄금
지낸 뒤
구름 걷히며
빛이 펼치는
천연의 색상

낙수 듣는 벼랑
하늘에 가깝고
복사꽃 가지 새로
동구 길이 벋어 있다.

반짝이는 잎 끝 이슬
일시에 부요로와
넘치는 빛무리에
천지가 한밝

시시로 변해가는
짙고 여린 조도 맞춰
죄었다 풀렸다
서성이는 눈조리개

# 입 맞 춤

너와 나의
가장 깊은 속
더듬는 촉수로서
모든 혀돌기가
한 곳으로 향한 열심

시선 두는 곳마다
부숴지는 형해들
오로지 두 눈길의
광휘만이 남아
아무런 어둠도
가로막지 못할
다순 빛이
감도는 순간

# 제 3 부
## 그늘과 메아리

# 국물

조선 사람은 국물을 마신다
후루룩 뜨거운 것이 밥통을 흔들고
창자로 스밀 때에 우리의 뇌수에
알려지는 뜻은 시원하다고

먼 길을 떠날 때에 국물을 마시면
가슴을 훑고 명치끝까지 내려간 뜨거움이
그리움의 한 방울 눈물로 숨는다

뜨거운 국물만이
육신을 놀래키어
정신을 깨우나니

뒤집어 얘기해도 바로 그 뜻인
조선말을 쓰는 사람만이
시원한 국물을 마실 줄 안다

# 오 월

소나무 등걸이 곁의 나무를 등지거나 껴안거나 제 맘
섞이어 나르는 까치 떼도 검은 깃 흰 깃 제 맘

눈부시게 환한 시절이기 때문에

겨울의 기억을 떨치지 못한
검은 숲의 침묵을 깨치고

웃음소리로 피어오르는
새 잎 새 잎

# 정 적(靜寂)


미류나무 그늘 아래
그림자처럼 앉아 있는 사람들

그늘 진 담장 아래 걸어가는
고개 숙인 개 한 마리

풍경이 고요히 가라앉은 시간에
미풍도 잠시 마실 가서 돌오지 않고

한 순간 멈추어 있는 장면 속의
잊히지 않을 오랜 여운

# 거북섬 · 봄

드문 듬성한 나뭇가지 살 새로
돌부처 윤곽이 어른거리고
그 너머 산가녁이 훑고 간
말 없는 하늘
어디서 사람의 소리는
꿈결인 듯 아득해

느릅나무 새 순이 돋더니
찌르래기 한결 소란스럽다
유유히 물살 가르는
오리는 근심 없고
반짝거리는 수면에
이따금씩 고기가 숨 쉰다

# 물소리 변주곡

— 황진이

  물이 긋지 않고 흘러서 깊은 데 깊은 소리 얕은 데 얕은
소리 이어져 돌부리 넘어갈 때 예서제서 골깍 대는 소리
그친 곳이 그곳이면 나는 데 저곳에 들렸다 끊겼다 순간
이 순간으로 연결되어 온갖 곳 소리 난다

    생각도 소리 따라서 갔다가 오지 않으니
    청산리 벽계수야 수이 감을 자랑마라
    지금사 나는 생각은 아까 갔던 생각 아니다

    여기에 내가 있어 또렷하게 듣고 있지만
    주야에 흐르르니 옛물이 이실손야
    지금 난 소리 듣는 이 물 따라 흘러갔다

# 사모곡(思母曲)


고데 머리 치올린 끄트머리가

사납성스러운 부지런을 내보여

나만을 감싸는 연지 훈김은

너무나 따스했습니다

지금은 걸음을 못하는 어머니

# 조 선 심(朝鮮心)

큼큼한 김치 내음 막걸리 걸지룩함
댓진 낀 누렁니에 돋우는 가래침
허리는 길고 다리는 짧아
앉으면 크고 서면 깡퉁하다
보잘 것 없는 체신에도 팔자걸음
푸른 하늘 올려보며 울근불근

눈 맞은 멧줄기는 범 등처럼 휘어지고
매운 추위는 상처처럼 아릿하다
검은 맨머리가 눈 시리게 윤나고
영채 있는 눈동자가 화등잔처럼 두릿하다
누구에게고 굽히지 않는 배알을 지닌
싸움 없는 승자로서 오뚝하니 서 있음

# 뇌

뇌의 허연 피질은 무감각하다고 한다
주물려 터뜨려도 아지 못한다고 한다


검은 대기 속에 떠 있는 흰 부유 물체
우리의 무형한 영혼이 깃들어 있는 곳
대지의 극점에 솟아 있는 만년설의 영봉
사철 한 모습인 거룩한 신전


거기에 한 방울의 선혈이라도 번지면
균형 잡힌 부유가 기우뚱거리면서
거룩한 신전의 기둥이 신음하게 된다


모든 완벽이 지상으로부터 떠나야 하는 운명은
아주 작은 흠결로도 좌절되고 만다

우리가 그토록 갈망하는 삶의 기쁨은
저 완벽한 부유이었음을 깨달으면서
지상으로 추락하고 만다
그것이 우리의 슬픔이다

# 울음

눈물이 씻어내는 것은 더럽혀진 자국만은 아니니

저 깊은 속 응어리 진 곳

태어날 때 터지던 울음이 나온 데

한번 닿으면 끝까지 사뤄야하는 불길처럼

그치지 않는 통곡의 넘실거림으로

어디론가 실려 가는 우리의 영혼이

환코 환한 데 오르는 희열의 만폭滿幅

# 겨울나무

― 자살자를 위한 진혼곡


얼어붙은 강물을 굽어보는 겨울나무 한 그루
목 길게 늘인 양 어깨 축 처진 양
아무 것 가지려하지 않고 바람도 없다


너의 눈 속에 별이 보이고
겨울나무가 속삭이는 봄이 들리련만
내 마음 얼어붙은 강물을 닮았다


춤추고 싶은 바람 노래하고 싶은 흥
얼음장 아래 꽁꽁 갇혀서
풀릴 날을 기다리지도 않아


겨울나무 한 그루 얼어붙은 강가에 서있다
봄이 오는 날 얼음 풀리어 새소리 들리걸랑
내 노래로 여겨나 다오

# 삼 호 현 (三呼峴)* 에 서 '바 우 고 개' 를 듣다

밀려오는 파도의 희번득이는 눈길을 피해
컴컴한 솔숲 가에 땀 들이노라면
언제 올지 몰라 세 번 불렀다던 아들의 이름
그 이름 아비 되고 또 그 아들 딴 이름 되어도
터질 듯 외치던 목소리 그대로 들리나니

할아버니 가셨던 길을
나는 차 타고나 넘는다

짊어지고 가시던 설음 보따리
트렁크에 이냥 실려 있다

진달래가 철 알아 피어나니
죽고 남도 이어지는 듯하구나

---

* 삼호현(三呼峴): 인천 읍내에서 옛 포구로 넘어가는 문학산 양지에 바다가 보
  이는 언덕. 배 타러 길을 떠나며 아들의 이름을 세 번 불렀다는 전설이 전함.

내 마음 속에 울리는 노래는
할아버니 옛 듣던 가락이로고

# 아름다움

놓일 자리를 벗어난 느슨함이나
답답함을 깨트리기 좋은 기울어짐

노동으로 팽팽해진 근육이 부드러워지고
싸움으로 곧추선 눈살이 풀어진다

그늘의 감춤이어,
지구의 영원한 공전도
게 가 쉬고픈 갈구이라

# 선(仙)


산山이 큰 글자로 가로 막은 하늘엔

그 산山에 살던 사람이

새처럼 가비얍고 물처럼 거침없는 길을 가고 있다

우리들은 산山의 덕으로 무사하고

장차는 그 사람을 따를 참이다

# 바다·섬·배

저기 먼 섬 떠있는데
기선 한 척 지나고 있다
하냥 바라는 동안
가는 줄도 모른 채
어디론가 사라졌다

다시 먼 섬 떠있는데
다른 배 지나고 있다
아까 갔던 배처럼
그냥 보고 있다가
지워져 버렸다

바다 바라기 행복을 누리는 동안
세월은 모르는 채 지나고 있다

# 물 타 령

물이로다 물이로다
이 내 몸도 칠할이 물이라지

반석에 너울지는 물결
돌틈을 간질이는 물살
풀뿌리를 감싸는 물알

내 몸의 근육과 세포와 터럭을 비집는 물
성난 애욕을 쓰다듬는 물
마른 충동을 식혀주는 물

물이로다 물이로다
저 별에도 물이 있다 하지

꿈지럭거리는 무거운 물 속에서
마침내 몸을 일으킬 새 목숨

한 방울의 눈물이
수천의 생령을 적시는 대비의 물

산을 타고 내려와 인간의 몸에 깃들어
영겁의 삶을 도모하는 물이로다

# 예술가의 눈

귀퉁이와 모서리까지 편재한 눈
남들 보지 않는 데 스쳐 지나간 데
깊은 안력이 머문다
빛남은 그늘의 드러남이기 때문인가
그림자로만 남는 있음의 가는 오락과 끝끝을
어둠 속에서 새기고 챙기는 끈질긴 열망

기쁨은 또한 슬픔의 길동무라던가
바닥으로 떨어지는 육신을 바라며
물끄러미 비상하는 영혼
저를 속이는 생활을 피하여
어리석은 교묘함으로 품삯을 얻어내는 가련함

# 기억의 탑

칭찬과 야유를 구별했을 때에
벌써 영혼의 줄거리는 잡혔던 셈
햇볕 같은 환호만큼
자책의 뿌리는 깊어갔다

그림자를 남기면서 높이를 알고
키를 넘겨 어지러운 저 아래
하늘로 오름은
언제나 불안한 모험이었나?

내오 네오 용케도 알아내는 건
포개고 괴임이 제각각인 때문
세상에 꼭같은 탑은 하나도 없다

서있음이란 아슬아슬한 균형
쓰러진들 한낱 돌무더기이기에
안간힘으로 지주를 버티인다

작은 균열이나 겉 덮는 돌이끼는
외려 굳건한 버팀의 장식이 된다

모든 탑이 정수리에 인 태양의 황도여

찬연하여라, 서있음이여
곧추 무한벽공을 받치고
깊숙이 겹겹 지층을 싸안았다

하여 무너지지도 기울지도 말고
영원한 지평이 수렴하는 정점에
기대어 끝내 환히 있어야함

# 시 래 기

바람에 떠밀려 어딘가로 가야하는데
뿌리 채 뽑아서 수레채에 매단
숨죽인 푸성귀 나물 겨우내 따라왔다

바람에 앗기지 않고 묻어둔 숨을
뜨신 물에서 비로소 풀어내니
왼갖 향 맛 냄새 다솜
소리까지 되살아난다
죽음의 문턱에서 연명하는 양식
주릴수록 하늘에 바치는 양은 늘어간다

땅 위의 배부름이란 헛된 꿈과 같을지니
이 먹이는 올라가기 위한 댓가일 뿐
이렇게 오랜 갈무리로 지키는
숨과 맛이란 기억에서만 남아 있는 법

# 실 옹(實翁)께

몸은 옛것이언만
집과 길은 날로 다르옵니다
철제빔으로 짜맞추기만 하면
하늘에라도 닿을 듯하옵니다

선생이 꿰뚫어 보셨던
미래의 모습이 이런 것이었습니까?
벽돌로 쌓으면 치수가 그냥 나온다고
탄상하던 기술의 끝이 여기이옵니까?

어제 보던 것이 오늘은 사라지는 변화 속
섬광 같은 통신이 당신들의 그리움을 지워버렸으니
이제, 대로상에 갓 쓰고 다니셔도 되옵니다
미래의 끝에서 과거를 반조해본 거리에는
이미 시간은 없기 때문입니다

이 도시에 갑자기 선다고 해도
황당해하지는 마십시오
당신들이 뜯어보던 문물의 세부들이
기계의 힘을 입어 활개치고 있을 뿐이옵니다
다만, 이어주신 정신의 실마리를
되찾지 못할까만 두렵습니다

세상의 모든 책을 읽었던 분들이시어
당신들이 지어놓으신 영혼의 집은
어느 큰 빌딩보다도 높사옵니다

# 그늘과 메아리

봉우리 돋은 데 어루는 햇볕
뭇삶이 숨어서 바램 있는 골짝에
깊은 그늘은 상기도 외롭다

두더지란 놈 더 속을 파고 든다지
어딘 지 모르고 내리는 뿌리와 같은 게야

낭떠러지에선 큰 숨을 멎는 법
저 아래 뭇살림 작기도 하구나
게선 왜 그리 볶닥이었는지
발 재겨 키 돋뵈려 해서이겠지

소리를 질러도 듣는 이 없을 터
차라리 골 팬데 바람이나 채워주고
건넛산 휘돌아 묏부리 감안고
다시 올 그 동안이나마 혼자이지 말아야지

# 제4부
## 이 때 여기에서

# 길

그대께 이 마음 드리오
눈물 한 방울 남김 없이

나날이 씻는 잘못들
크게 지움은 종생終生이리니
그제까지 받아주구려

태어난 몸 끼쳐 있으나
영혼이 가는 길 달리하니

빛 삼아 헤매지 않도록
늘 찾는 자리에 있어주겠소

기어가는 어둠과
가라앉은 슬픔

건너간 참마다 느끼도록
웃음기 거두지 마시기를

# 추석

소릴 내어 듣는 대추나 밤은
지나간 신고를 탄하는 게라오

여름 익기란 무던히도 애 끓인 터에
선선한 바람 들매 처연키도 한 게라오

하여 매일 놓는 소반 위에
흰 베포를 깔아 놓고

송이송이 빚는 송편이
참으로 애중키도 하구려

가난한 살림살이는
삼시 세 때 마련이 부산하들 않았소?

열무김치에 꽁당보리밥도
임금님 수라처럼 지중했다오

연명이란 어머님 젖은 손에
식구 수대로 잡힌 숟가락에 달린 것

무더위에도 물린 데나 헌 데 없이
잘 견뎌왔음에

두 손 모두어
고마운 마음을 짓는 것이니

보름달이나 햅쌀눈처럼
보얗게 닦인 떡살이

비손에 둥두렷이
솟기라도 하량이면

마음의 온갖 근심은
저만치 동지섣달 뒤로
넘어가 버리는 게라오

# 자란(紫蘭)


세상에 없는 빛 보고 있나니


애당초 땅엔 뜻 두지 않았으나
아지 못게라 발치의 뿌리 내림
선 자리 곧 햇볕 받나니
그 자양을 몫으로 여길 따름


번들거리는 껍질을 본모습이라 하지마라


깊은 번뇌는 안으로만 옹글었나니
수척한 가지 늘어진 대로 삶은 흘러
무슨 보람 거두려함인가
입시울 다물어 말 없는 자태


별빛이 부서지는 밤 숨겨둔 말씀 나누었는가

시치미 떼는 아침 아무 기척 없구나
붉은 잎이라 꽃이 아니고
피우지 말라함은 하늘의 내림
불임으로 청정하나니
생기는 오롯이 줄기로만 벋는도다

생명은 환영

그림자처럼 지워져 가리니
찬탄과 발호만 드높이어
자줏빛 풀잎으로 새기어 둘 일이다

# 하 루

새날은 빛으로만 오도다
도들볕 번진 서슬에
괴론 꿈 문득 깬 삶들이
그림자 털고 일어서나니
이때는 매양이면서
늘상 새로운 것

푸른 기운이 밝음에 이르러
흰 하늘 꼭두에 박히는 한낮
식전 내 뛰어다닌 짐승도 쉬고
숲은 갑자기 고요에 머문다
어둠으로 바뀔 전조라 할
명명한 바탈에 그늘도 숨는다

해가 가기에 날이 저무는 것
올 때처럼 황금빛 뿌리곤
오늘의 영화는 어제로 넘어 간다

# 박경리 선생님, 안개 속으로

통영 명동 골목에서 일어난 소녀
아버지가 못 이겨서 사내를 극복했다

만권서 읽은 언변에 재사들 허물어지고
마침내 붓 한 자루로 세계를 이루었다

온 나라가 지켜보는 고도 같은 외딴 집
치악산이 울면서 내려놓은 대학절필大學絶筆

마음이 높은 산마루나 깊은 호수가를 가는 이
안개가 그림자를 옹위하고 구름처럼 하늘 길 가기도
했다

노한 천둥과 격한 우레 검은 회오리로 내치다가도
말개진 허공 한 점 나르는 새에 애련키도 하였다

걸림 없는 바램으로 다 버리고 감에
그리움 기대일 데 없이 허전한 채

게으른 자만을 꾸짖고 무연한 종속을 나무라는
쇳소리 나는 생생한 성음만 남아 있다.

만주벌 바람 타고 시베리아의 자작나무 숲으로
자취 없이 사라지신 이

# 구근식물

꿈으로 가 만나리
실뿌리 타래 풀어
지렁이 초리에 매달아
밤 들이 노닌 곳에 가보리

소리와 내음의
잔치 마당에 나가리
두고 온 구슬 뿌리에 움 돋아
새벽엔 하늘 받침 기둥 되리

님하, 이 몸은 없는 간 구하러
뭍에 나온 거북이로소이다

# 풍경

— 장욱진 그림을 생각하며, 또 30년대의 허전한
　신사들을 떠올리며


언덕을 내려오는 한 손에 가방 든


남자로서야 콧수염을 길렀겠지


까치가 어깨에 앉고


호랑이가 곁 따르는


보우타이야 멋으로 매었지


발 앞에 던지는 지팡이에


까투리가 포르릉 튀고


가죽구두가 잠시 이슬에 젖으며

뒷산으로는 해와 달이 함께 떠있는

집을 나선 겐지 그리로 가는 겐지

# 꾀꼬리

꾀꼬리 소리 한가히

벌레 많은 기꺼움인가

넘치는 사랑의 분출인가

숲에 감추인 황금빛

수놈의 충혈된 눈에 어른대겠지

가락이 꺾이어 교태가 짙을수록

사람을 떠나 깊은 어둠으로

소리는 더욱 거세지고

외로운 시각視覺만 남아

한낮의 캄캄함 속

노란 환상을 그린다

# 청 선(聽蟬)

― 매미를 들음


가을을 일깨우는 가르침

서늘히 골수에 들어

지루한 여름 더위 같은

평생을 돌이키나니

남아있는 몸이란

기억을 담고 있는 꺼풀

매아미 허물을 벗어

흙에 드듯 나도 육신이 묻혀

내생을 살으란 뜻인가

소리 더욱 높이는 매아미

# 수정의 여운

멀리 온 불이
작은 광염을 내비치는 동안

천년을 갈아온 광물의
모서리가 전하는 뜻

길고 자른 차이를 넘어
벽공을 그리는 마음

그 자리에 있음으로써
빛을 영접하는 경이

소리가 들리면서
자라나는 형체

밝음이 맑음과 통하면서
어울려낸 영롱함

# 장 미 정 원

장미 정원에서
내 혼은 경계를 잊었다

색색가지 피어남이란
최선의 빛남을 준비함이니

저토록 아름다운 형체도
더 높은 길을 물어 바장인다

머물지 않고 찾는 동안
낡은 지상의 무거움을 벗어나는 법

나비, 그 초월의 몸짓으로
향내에 머무도다

# 기숙(寄宿)

해 지는 고요한 숲
새소리만 들리고

천년 전 갔던 길을
따라가 본다

해 저무는 즈믄 산길
가도 가도 집은 없고
대숲 솔 그늘 깊은 데
골짝 물소리 새록새록*

하룻밤 묵기 청하는
언사가 음전키만 하여라


---

* 日暮千山路 行行絶四隣 竹松陰轉邃 溪洞響猶新(『삼국유사』권 제4 탑상(塔
  像) 「남백월이성(南白月二聖) 노힐부득(努肹夫得) 달달박박(怛怛朴朴)」)

재워주는 친구야
산 너머에 있지만

낯 모르는 나그네가
되어보기 어렵구나

잘 데 있고 갈 데 있는
세상에 매인 몸이

다 털고 가는 산길
게 어딘가, 어디 가면 되려나

# 차가운 꽃

— '님의 침묵'에 기대어


한숨의 미풍에 날리는 티끌이 되도록
경경히 빛나는 형태로 남아주시길


그 적까지 온전한 자리를 지켜
영원한 동경의 표적이 되시압


살아 있는 것은 뛸 듯한 기쁨이니
멈추어 한낱 정물로 비추일 때
날카로운 첫 키스의 추억이 되살아나리라

# 이 때 여기에서

먹이를 다투느라
속이고 속던 말은
다 지워졌다

참다히
산처럼 앞에 두렷한
말씀만을 전하는
붉은 입시울의 때임

싸워도
언성 높임 없이
남의 말을 많이 듣는
점잖은 때임

여기서
준령 넘어와

지쳐 가라앉은
마음세로

한 마디 한 마디가
거짓이라곤 묻지 않은
청정한 때이어야 하니

아예
남 속이는 혓바닥은
저 암굴 속으로
말아 들이거라

성성이
성성이
우리 삶은
나누어 없음이
가장 많은 가짐이러니

혼자 지니려는 의양일랑
애초에 가질 수가 없음

이런 때이니
조신히 갈 길을
따를 뿐
남의 앞 가로막을
넘일랑 내지도 마라

해 돋아
밤새 어둠을
깨치고
환히
서 있는 그리매

# 저녁답

저녁 노을이 전나무 둥치에 어리일 적
땅강아지 그늘에서 열심히 흙 파고 있다오
우리가 사는 것도 저처럼 조용히 눈 띄지 않는 게라오

같은 시간 산 위의 작은 못에서 저물어가는
수면 위를 부지런히 헤엄치는 장구애비
뵈는 건 오로지 갓 피어난 마름꽃뿐이니
그 꽃이 내는 은은한 향내를 애비가 맡을 겨를이나 있
겠소

우리도 바삐 지내노라 곁에 있는
어여쁨을 지나치고 마는 것이니
눈과 코가 맡을 일이 세상에는 얼마나 많은 게오

밤이 되어 모두가 쉬기까지는
밤이 되어 또 다른 움직임이 이어지기까지는

# 세 월

달이 지나고
물이 흐르며

생각이
허공에 피어오르고

썰물에 쓸려난
조가비
밀물에 되밀려오며

쉬었던 가지에
잎사귀 또
돋아나오고

이것이
세월이
가는 길이라면

단지
발자욱일 뿐인
기억만 남기고

모래밭을
걸어가는 갈매기처럼

# 봄 산

봄 산
크다란 향로


땅 속 왼갖 준동蠢動
천지 그득한
기운이 되어


울음인지 웃음인지
터뜨릴 서슬에
등성이 가녀리 떤다


바위 틈서리
햇볕 부서지며
깨어날 푸른 움
일어날 붉은 꽃

무리 지어
기슭을 덮으리니


겨울의 오래인 희생
비로소
번제燔祭 연기로 피어 오른다


뛰노는 생령이란
죽은 어미의 그림자이니


눈망울에 서린
아련함은
먼 고향 그리움


봄 산 향로에
자색 아지랑이
어른거린다

# 환 생

응달 깊은
추녀 달고
마음 안골로
깊이 들앉다

살아 움직임
다 지난 자리
그림자 스치는
바람만 남아

그 아픔
그 기쁨
외마디 순간으로
들린다

끝 간 데
어디인가

또 다른
양지로 걸어가는
아가의 뒷모습
보며

방싯 웃음으로
퍼오르는
봄 길에 섬

# 탑

그리매로만 남은 덩치
세세 장식은 묻히었다

하늘을 가늠하는 큰 키
쌓아올림은 지성이라

두고져 두고져
세상 뜻은 기단에 놓고

차곡차곡 올린 높이
외로이 한 곳을 향하니

별이 흐르고
달이 지나는 동안

바람 스치고
이슬 뒤덮고

견디는 세월만큼
안으로 다져진 마음

그냥 돌덩이가 아니라
가리키는 기울기가 깃든

아스라한 고도에
차분한 맵시

시방도 혼자
먼 데를 내다보는

가운데 우뚝한
기림이어

# 숲 속 궁전

지구의 중심으로 내린 뿌리들
왕관처럼 버는 풀 이파리
보이지 않는 금줄, 거미가 놓았다
새들은 좋은 자리 옮기느라 바쁘고
길짐승은 먹이 찾아 깊은 데 들어갔다
꽃들이 봄이 돌아옴을 알리고
짝을 찾는 꾀꼬리는 진종일 운다
억만년을 지켜온 바위에 대면
우뚝한 노송도 갓난이 손가락일 뿐
모두들 제 자리 지켜 빈틈 없구나

나그네 지팡이 짚어 다람이만 멀리 튀고
땅속에선 이리저리 굴 뚫느라 분주하다
새암 있어 물 흐르고 돌 굴러 이끼 뒤챈다
벌레 기는 골짝에 새들이 모이고
들쥐 좇는 배암 허리 풀갖을 슨다

한낮의 볕은 우리 잔치의 등롱이니
빛과 다솜을 두루 받아
먹은 대로 살로 가는 운동을 하세
개미의 분주함도 벌떼의 왕성함도
제만 사잠 아니라 같이 사자함
왕자는 이 뜻 받은 이요 하늘이란 그를 준 자이니
둘 섬김 외엔 모다 평등한 것
한 끼 에움에 산해진미가 다 뭐람
다람이 도토리 까고 두터비 파리 좇는다
고라니 너구리 멧돼지 노루
갈 길 가느라 제저끔 흔적 내고
낙엽 깔린 위로 바람이 기어간다
개구리밥 뜬 물가 오리가 종종거린다

잔떼 깔린 둔덕엔 햇볕 바루고
솔잎 윤기 흐르는 푸르른 하늘

바랄 것 없는 뭇삶이 지순이 사는 데
여기가 궁전이로구나

# 명암의 순간

나무 그늘에 바람이 일어
마른 속잎이 뒤척일 때

빛과 그림자 흔들리어
옅은 하나로 섞이어 지고

이미 이름을 떠난
무엇인가로 바뀐

멈춤도 달림도 아닌
사귐도 다툼도 아닌

거기에 순간이
매달려 있다

이때를 위한 지난 여정은
모두 기다림이 될 터이니

지금 보는 것만이
최상의 개화로서 빛나고 있다

나무 그늘에 바람이 일면
옛 것 지워지고 새 무늬만 남는다

해설

# 온축과 성찰의 힘


최유찬

(문학평론가 · 연세대 국문과 교수)


남태평양의 한 섬 바닷가에는 높이 10여 미터에 달하는 거대 석상이 바다를 향해 줄지어 서 있다고 한다. 그 석상들이 섬에서 나온 돌들을 재료로 하여 만들어진 것으로 보이지 않아 조성 경위가 신비로울 뿐 아니라 왜 바다를 향해 그렇게 죽 늘어서 있는 것인지 지금도 풀리지 않는 의문이라는 것이다. 그 의문이 풀리지 않는 이유는 그 석상들을 건립한 사람들의 문화가 실종되었기 때문이다. 우리가 으레 자연스런 존재로 생각하고 대하는 텍스트란 배경이 되는 문화가 이해될 때만이 의미를 지니게 된다는 가장 기본적인 사실을 깨우쳐 주는 실례이다.

외우畏友 윤덕진 교수가 어느 날 문득 시집 두 권 분량의 작품을 보여주고 책 뒤를 어지럽히는 글을 써달라고 청했다. 평소 작품을 짓는다는 말을 한 번도 한 적이 없는 분이기에 뜻밖의 일이었지만 그것이 나에게는 조금도 놀랍게 받아들여지지 않았다. 전통 사회에서 선비가 시를 배운다는 것은 고전에 해당하는 작품을 이해하는 일인 동시에 창작을 실행하는 일이었다. 그런 의미에서 공부를 하는 과정에서 익힌 시작법을 자신의 체험을 표현하는 데 사용하는 것은 충분히 있을 수 있는 일이고 마땅히 그렇게 되어야 하는 일이다. 그런 측면을 고려하면 현대문학교육에서 비평 따로 창작 따로 행해지는 것은 우리가 의식하지 못하는 병의 징후일 가능성이 크다.

그러나 두 권 분량의 시작품이 나에게 전혀 놀랍지 않았다는 것은 조금 다른 의미를 지닌다. 흥겨운 자리에서 우리는 종종 윤덕진 교수의 시조창을 청해 듣곤 했다. 그럴 때면 윤교수는 마지못한 듯, 쑥스러운 듯 청을 받아들이곤 했지만 그 수준은 예사롭지 않았다. 전문가에게 사사를 받은 지 수십 년, 시조대회에서 여러 차례 수상한 경력이 있다는 것을 우리는 익히 알고 있었다. 고전문학을 연구하면서 시조의 창을 전문가 수준으로 익히고 선인들의 심신수련법에 관심을 기울인 것은 자신의 학문을 지극히 하기 위한 노력이다. 그 문화를 체득한 바탕 위에 서 있지 않으면 고전문학에 대한 접근은 피상적인 일이 되기 십상이다. 주나라의 문화가 나에게 있다는 자부심을 지녔던 동방 성인의 예화까지 들먹이는 것은 조금 뭣하지만, 국문학자들이 모인 자리에서 백영 정병욱 선생이 돌아가신 뒤 고전문학 연구는 한 시대를 마감했다고 운위하곤 하는 것은 선생이 전통사회의 문화를 체득하고 있었던 것과 연관되는 사항이다. 그와 같은 맥락에서 윤덕진 교수의 시조창 수련을 이해하면 그 의미는 남다르다. 자신이 연구하는 대상에 진지하게 접근하고자 그 대상이 놓인 문화적 맥락을 이해하는 데서 한 걸음 더 나아가 그 문화 자체를 체득하고자 하는 매우 성실하고 근기 있는 태도라고 생각되기 때문이다. 이 같은 관점에서 보면 두 권 분량의 시작품들 또한 자신의 학문과 삶을 일체화하고자 하는 노력의 일환으로서 창작된 것이라는 점을 넉넉히 짐작할 수 있다. 그러므로 오랜 시간 갈고 닦은 흔적이 역력한 이 작품들이 창작문학으로서의 성격을 지닐 뿐만 아니라 자신의 학문적 탐구의 결실을 담고 있는 것은 당연하다. 이번 두 시집을 "운율에 대한 그 동안의 생각을 정리하는 판"으로 보아달라는 시인의 당부는 그 점을 새삼스럽게 환기시켜 준다.

이번에 발간된 『시조가락으로』와 『추석』은 전자가 시조 형식을 띤 작품들로 구성되는 데 반해 후자는 현대시의 형식을 취하고 있는 작품들을 모아놓고 있다. 전자의 편차 구

성이 평시조, 두 결 시조, 여러 결 시조, 두 줄 한 장 시조
(3~6장 짜리), 두 줄 한 장 시조(여러 장 짜리) 다섯 개로 되
어 있는 데서 알 수 있듯이 이 시집에는 시조의 하위장르에
대한 시인의 체계적 인식이 깃들어 있다. 시조가 역사적으
로 평시조, 연시조, 엇시조, 사설시조, 현대시조 등으로 형태
를 바꾸어가며 전개되어 왔음을 감안하면 시조라는 장르 자
체에 대해서 현대 학문의 방법을 적용하여 새롭게 이론적
개괄을 도모한 것이라고 할 수 있다. 곧 역사적 장르들의 특
성까지도 일관되게 체계적으로 파악할 수 있는 이론의 가능
성을 타진하고 있는 것이다. 그것은 오랜 학문적 온축에 기
대어 모색된 새로운 보편이론의 면모를 지닌다고 할 것이므
로 일종의 실험정신으로 충만한 학문적 탐구로서, 학자의 입
장에서는 영예로운 모험에 해당한다. 따라서 각각의 유형에
는 이론적 관점에서 행해진 하위장르 구분의 타당성을 입증
하기에 적합한 형식과 내용을 갖추고 있는 작품들이 배속되
었으리라는 것은 누구나 쉽게 추정할 수 있다. 그런 의미에
서 시조집『시조가락으로』는 한 시조시인의 작품집인 동시
에 다른 한편으로는 시조 장르의 여러 면모를 체계적으로
파악할 수 있게 꾸며진 이론서의 성격을 지니는 것이다. 이
점을 고려하면 현대시의 형식을 취하고 있는 작품들을 싣고
있는『추석』이 시인에게는 또 다른 모험의 한 가지 방식이

라는 것을 어렵지 않게 분별할 수 있다.

『추석』은 편차 구성이 '추상(追想)', '동수(東樹) 역에서', '그늘과 메아리', '이 때 여기에서'로 되어 있어 장르적 구분보다도 주제적인 측면을 중심으로 짜여 있다. 여기에서도 시인의 사물 인식은 일정하게 질서 지어 있는 모습을 보여 준다. 기억과 사유의 언저리로부터 사물의 흔적과 반향, 그리고 지금 여기의 현실로 시선을 옮겨 가면서 인간의 삶과 사물과 세계의 이모저모를 곰곰 되새기고 있는 셈이다. 그러나 이러한 시집의 외형적 구조에 주의를 기울이는 것보다 더 중요한 것은 그 작품들 속에서 시인이 행하고 있는 일이 무엇이며 그 성과가 무엇인가 하는 점이다. 시조집과 시집을 나란히 펴내는 것이 단순히 시인 자신의 창작 역량을 과시하는 데 있지 않음은 두 말할 나위가 없다. 시조집에서 운율에 대한 생각을 일정하게 정리했다는 사실을 상기하면 이제 시인에게 남은 문제는 그 운율을 창조적으로 현재에 구현하는 일이다. 바꾸어 말하면 그것은 전통을 되살려 현대적으로 변용하는 일이다. 이 전통의 창조적 변용 시도는 우리 문학사에서 수없이 되풀이되어 왔다. 그 무수한 실험과 모험들이 모여서 한국의 현대시를 현재의 성세로 이끈 것임은 말할 것도 없다. 그 시도들 가운데는 순수서정시인으로 불리는 김영랑의 4행시 실험도 끼어 있다. 초장, 중장, 종장으로 구성된 시조의 형식을 4행으로 바꾸어 새로운 운율을 시험하고자 한 것인데, 필자의 생각으로는 그 최선의 성과 가운데 하나가 「동백잎에 빛나는 마음」이다. 외면적으로 5행으로 되어 있는 이 작품을 시조의 운율을 변용한 4행시로 간주하는 것은 3행과 4행이 형태적으로 바깥에서 감춰져 있는 모습을 갖추고 있기 때문이다. 그것은 초장, 중장, 종장의 형식으로 되어 있는 시조의 운율이 음악적으로 5단 구성의 형태라는 사실과 관련된다. 이와 같은 시조의 운율에 관해서 필자는 윤덕진 교수에게 귀동냥을 하여 짧은 지식을 가지고 있었던 것인데, 그것이 「동백잎에 빛나는 마음」을 분석하고 이해하는 데 큰 도움을 주었다.

시조의 운율, 우리 시문학의 전통에 대한 시인의 학문적 온축과 성찰이 현대시를 창작하는 과정에 관여 되었으리라는 점에는 의문의 여지가 없다. 시인은 전통의 운율을 현대시에 구현하기 위해 다양한 실험을 하고 있다. 두 줄 한 장 시조의 형태를 응용한 경우도 있고 4행시의 형태에 변화를 주어가며 사용하기도 한다. 『추석』에 실린 작품들을 읽다 보면 그 속에서 은밀히 시조의 분위기가 느껴지는 것은 시인이 시조의 전통, 우리 고전문학의 전통에 뿌리를 두고 현대시를 창작하는 데 말미암는다. 그 분위기는 주제의 선택과 언어 구사 방식이 복합적으로 작용하여 조성된다. 예컨

대 "조선 사람은 국물을 마신다"(「국물」)나 "주야에 흐르르
니 옛물이 이실손야"(「물소리 변주곡—황진이」) 같은 표현
은 불가피하게 전통의 사물과 삶의 방식을 떠오르게 한다.
또한 "사납성스러운 부지런을 내보여"(「사모곡」), "할아버
니 옛 듣던 가락이로고"(「삼호현에서 '바우고개'를 듣다」)
같은 구절에서 구사된 어법은 분명 현대적인 감각이라기보
다 시조의 표현법을 연상시킨다. 그러나 이런 요소들에도
불구하고 『추석』을 현대적인 시문학 작품집으로 규정할 수
있게 하는 것은 사물에 대한 감각과 인식 방법의 특성 외에
도 시인이 뚜렷하게 의식적으로 조성하는 리듬이 작품집의
지배적인 요소로 작동하고 있기 때문이다. 시집의 첫 부분
에 실려 있는 「누이에게」, 「꽃길」들도 어법이나 지각방식이
현대적이지만 그에 이어지는 「수산시장에서」와 「남태령」 등
에 구사된 표현은 시인이 직서법에만 의지하지 않고 대상이
된 사물의 관계들을 다각도에서 포착하고 있음을 알 수 있
게 한다. 예컨대 「누이에게」에서 시적 화자는 누이와 여러
가지 관계를 가정하며 자신의 마음을 표현하고 있고, 「남태
령」은 그 장소의 공간적 특성과, 그 역사와 그것이 지니는
관계성을 언급한 데 이어 마지막에 현재로 돌아와 끝을 맺
는다. 그 시행들을 따라 읽으면 저절로 가락이 생기고, 그 속
에서 이루어지는 반전이 흥미로워 현대시의 다채로운 양식

실험을 보는 듯하다. 이러한 현대적 감각을 지닌 시들 속에서 시인은 자신이 고전문학에 대한 연구의 과정에서 얻은 전통 운율의 현대적 가능성에 대한 실험을 하고 있는 셈이니 마땅히 우리는 각각의 작품이 지닌 운율, 앙리 메쇼닉이 언급한 바 작품의 지형도로서 리듬을 검토해야 할 것이다. 그러나 이 작업은 작품에 대한 천착과 정밀한 분석의 작업을 통해야 하는 만큼 좀 더 치밀하고 밝은 눈을 갖춘 분들의 명민한 손길을 기다리는 것이 도리상 맞을 것 같다. 그 대신에 여기서는 이 시집에서 시인의 의식을 사로잡고 있는 문제가 무엇이며, 그 사유의 흐름은 어떻게 깊어져 가는지 주제적인 측면에서 파악하는 데 초점을 맞추고자 한다. 이 일을 위해서는 현대시의 형식을 갖추고 있는『추석』에 초점을 맞추면서도 동시에 시조집으로 되어 있는『시조가락으로』또한 고찰의 대상에 포함하여 비교하면서 살피는 것이 효율적일 것으로 보인다.

　『추석』과『시조가락으로』는 시집과 시조집으로 서로 구분되는 특징을 지니고 있지만 그 바탕에 흐르고 있는 정서나 사고에는 공통되는 요소가 많다. 그것은 굳이 동일성 시론을 언급할 필요도 없이 어느 장르 형식을 취하더라도 시 작품이란 시인의 자기표현으로서 성립되는 것인 만큼 충분히 납득되는 일이다. 두 책을 읽은 독자가 작품들을 통해서 시인의 독특한 분위기와 체취를 느낄 수 있는 것은 그 때문이라 할 것이다. 그 느낌을 한마디로 말하면 정밀하고 진중한 가운데서도 끈질기게 견지되는 의지의 힘이다. 이 의지의 힘은 시인의 문학세계를 다른 시인들의 그것과 구분하게 하는 중요한 특색인데, 흔히 당시唐詩를 홍상의 개념으로, 그리고 송시宋詩를 이취로 구분하는 점을 상기하면 쉽게 이해할 수 있다. 감홍을 위주로 하는 시와 철리적인 내용을 담고 있는 시를 구분하는 그 관점은 정서 표현에 중점을 두었던 낭만주의에 대한 반동으로서 주지주의 문학의 대두를 설명하는 방식에서도 찾아볼 수 있다. 흔히 인간 정신의 영역을 지 · 정 · 의로 나누는 방식을 차용하면 낭만주의시가 정서 표현에, 모더니즘이 지성적 세계에 보다 가까운 것이라고 하면 시인의 작품에서는 의지의 요소가 강하다는 것이다. 이와 같은 특성은 시조집과 시집에 공통적으로 나타난다. 그러나 두 시집을 비교하면 미묘한 차이를 분별할 수도 있다. 시인의 두 시집에서 가장 강력한 주제는 길에 대한 모색이다. 그 길이란 한 인간이 지향하는 삶의 방법이기도 하고 자신이 일생을 바쳐 추구하는 학문의 길이기도 하며 세상 사람들과 관계를 맺으면서 살아가는 인간의 도리이기도 하다. 그 길은 시인에게 전혀 낯선 길이 아니다. 예컨대 시조집의 작품 「길」에서 시인은 "가는 길 지금 있는 길/ 예전에 가서 아는 길"이라고 말하고 있다. 이렇게 길의 풍경이 낯설지 않은 것은 시인에게 문화적 전통의 힘이 갖추어져 있기 때문이다. 그 전통의 힘이 연원하는 원천은 시조집의 작품 「여로」에 "아, 왜 이리도 먼 길인가/ 앞뒤로 뵈는 이 없이/ 호올로 가야만 하는 이 길"이란 표현 속에 함축적으로 드러난다. 그것은 성리학의 대가 주희가 노래한 길이기도 하고 「도산십이곡」의 작자 퇴계 이황이 추구한 길이기도 하다. 그러나 시인이 이 전통에 안주하고 거기에만 의지하고 있는 것은 아니다. 시집 『추석』의 「서시」는 그 사실을 단적으로 보여주는 예증이다.

> 땅 위를 기는 벌레
> 남의 삶을 살 수 없는 아득함이어
> 별처럼이나 멀구나
>
> 「서시」

이 시를 이해하는 데 어려움을 겪을 사람은 별로 없겠으나 시조집에 들어 있는 「찰나」라는 작품을 참조하면 훨씬 더 쉽게 시인의 사유에 다가갈 수 있다.

> 나무 가지 끝에
> 별 높고

숲 새 성긴 데
달 어린다

늘 뜻 두어도
볼 때만 깨우치는

멀고 먼 소식이
빛으로 번득일 때

「찰나」

　　나무 가지와 별, 숲과 달은 각기 지상의 삶과 천상의 세계를 표상한다. 지상에 발을 붙이고 살고 있는 시인은 일이 눈앞에 닥쳐왔을 때에야 겨우 깨닫곤 하는 미욱한 존재이지만 그 뜻은 항상 높고 높은 세계의 이상에 있다. 그 이상의 추구에 비추어 볼 때 시인은 자신을 한낱 '땅 위를 기는 벌레' 같은 존재로 인정할 수밖에 없지만 그렇다고 하더라도 "남의 삶을 살 수 없는" 것이 자신임을 또한 자각하지 않을 수 없는 존재다. 이 모순이 시인에게는 자신의 삶 전체를 걸고 풀어야 할 문제고 넘어야 할 산이다. 그가 "나한테 주어진 길을 가야한다"고 했던 윤동주 시인이 그 때 나이 스물아홉이었던 것을 상기하는 것은 나이 먹어가는 자신에 대한 채찍질이다. 시인이 시집에 들어 있는 「길」이란 동일한 제명의 또 다른 작품에서 "태어난 몸 끼쳐 있으나/ 영혼이 가는 길

달리하니// 빛 삼아 헤매지 않도록/ 늘 찾는 자리에 있어주
겠소”라고 ‘길’에게 간구하는 것은 그의 길에 대한 희원이
얼마나 절실하고 절박한가 하는 것을 명확히 보여준다. 이
점에서 시인의 ‘길’에 대한 모색과 추구는 시집의 작품 곳곳
에 스며들어 있다. 그리고 그러한 모색의 과정에서 시인이
이룬 깨우침의 새로운 경지는 「기숙(寄宿)」과 「이 때 여기
에서」에 곡진하게 펼쳐져 있다. 「기숙」은 시인이 구체적으
로 ‘천년 전 갔던 길을/ 따라가 본’ 형식을 취하고 있다. 『삼
국유사』 제4 「탑상」편을 인유로 사용하고 있는 이 작품에
서 시인은 ‘낯 모르는 나그네’가 되어 하룻밤 묵기를 청하려
고 하지만 자신이 ‘잘 데 있고 갈 데 있는/ 세상에 매인 몸’이
라는 자각만을 얻게 된다. 결국 시인은 “다 털고 가는 산길/
게 어딘가, 어디 가면 되려나” 하고 묻게 되는데, 이 물음은
이전의 어느 작품보다도 자신의 현실에 튼실히 비끌어 매어
져 있고 그런 만큼 더욱 절실해서 절규에 가깝다. 여기서 시
인이 “다 털고 가는 산길”이라고 표현하고 있는 것은 부지중
에 길에 대한 자신의 추구에서 하나의 해답을 얻은 것이라
고 할 수 있다. 그것은 『삼국유사』에서 인유한 “해 저무는
즈믄 산길/ 가도 가도 집은 없고/ 대숲 속 그늘 깊은 데/ 골짝
물소리 새록새록”과 하나로 어울리는 경지이다. 곧 시인은
자신이 놓인 문화적 전통을 새로이 인지할 뿐 아니라 그 맥

락 속에 자신의 현실을 놓고 자기가 가야할 길을 찾고 있는 것이다. 「이 때 여기에서」가 음미될 수 있는 것은 이 차원에 서이다. 이 시에서 시인은 "먹이를 다투느라 속이고 속던 말은 다 지워지고", "산처럼 두렷한 참다운 말씀만을 전하는", "싸울 때에도 남의 말을 많이 듣는", "준령 넘어와 지쳐 가라 앉은 마음세"를 말하고 있다. 그 마음은 거짓과 속임을 거부하는 청정한 것으로서 "우리 삶은/ 나누어 없음이/ 가장 많은 가짐"이라는 인식이나 "남의 앞 가로막을/ 넘일랑 내지도 마라"는 윤리의식을 바탕으로 한 것으로서 시인은 이 깨달음의 경지를 "해 돋아/ 밤새 어둠을/ 깨치고/ 환히/ 서 있는 그리매"로 표현하고 있다. 선인들이 갔던 길을 추수하는 데서 벗어나 이제 자신이 걸어가야 하는 길에 대한 확신과 의지를 가질 수 있게 되었음을 보여주는 것이다. 그것은 현대시의 바탕이 되는 개성에 대한 자각이자 각성된 주체의식이라고 할 수 있다.

『추석』에서 두 번째로 돋보이는 특성은 사물에 대한 통찰이다. 시는 정서를 표현하는 것이라고 흔히 말하지만 다른 편으로 생각하면 깨우침의 형식이다. 하이데거가 말하는 존재를 열어 보여주는 시작詩作의 기능은 불가불 이 깨우침을 동반하지 않을 수 없다. 더욱이 우리의 시인은 오래도록 학문의 세계에 몸을 담아 왔다. 자연히 사물에 대한 통찰이

시의 중요한 한 부분을 차지할 수밖에 없는데, 「담쟁이」, 「자란(紫蘭)」 같은 작품에서 시인을 통해 얻는 깨우침은 그러한 학문적 교양에 연연하지 않는 자유롭고 활달한 기상을 보여 주어 읽는 마음이 매우 유쾌하다.

> 오르는 것은 황홀하다
> 우리가 거기서 내려왔기 때문이리라
> 여기 사는 일이 고달파도
> 늘상 잊지 않고 있음이
> 매달린 넝쿨처럼 주렁주렁하나니
>
> 이르지 못하더라도
> 그리로 향함만으로도
> 몸이 가벼워지는 것이니
> 점차 꼭대기에 닿아
> 거꾸러질지라도
> 가는 길이 있음만으로
> 흐뭇한 것이니
>
> 하물며 되비치는 햇볕이
> 반들거리는 잎낯이야
> 가릴 수가 있는가
> 가릴 수가 있는가

「담쟁이」 전문

이 시가 담쟁이를 묘사하고 있는 것만은 아니다. 담쟁이는 시인의 은유가 되어 그의 의지와 꿈을 상징하고 있다. 마지막 연의 햇볕에 빛나는 담쟁이 잎사귀는 시인의 심미주의를 보여주는 것이면서 자신의 삶에 대한 긍지를 표현하고 있다. 레오나르도 다빈치가 햇빛을 받아 빛나는 잎사귀를 지상에서 가장 아름다운 것 가운데 하나로 손꼽았음을 상기하면 시인의 기쁨과 보람을 이해하는 데 모자람은 없다. 담쟁이를 통해서 사물의 꿈과 자신의 존재에 대해 깊이 성찰하여 얻은 깨우침을 형상화한 작품이라고 하겠다. 이와 같은 양상은 「자란(紫蘭)」에서도 찾아볼 수 있다. 시의 행과 연을 새로운 방식으로 배치해 일종의 형식 실험을 하고 있는 이 작품 3연과 4연은 이렇게 되어 있다.

번들거리는 껍질을 본모습이라 하지마라

깊은 번뇌는 안으로만 옹글었나니
수척한 가지 늘어진 대로 삶은 흘러
무슨 보람 거두려함인가
입시울 다물어 말 없는 자태

「자란(紫蘭)」 중

「담쟁이」와 마찬가지로 이 시에서도 자란의 모습에 대한 묘사는 인간의 삶에 대한 성찰로 이어지고 있다. 그 가운데서도 특히 "깊은 번뇌는 안으로만 옹글었나니"와 "입시울 다물어 말 없는 자태"는 바로 시인 자신이 열어 나가고 있는 삶의 방식에 대한 형용 표현이라고 보아도 좋을 지경이다.

세 번째로 시인이 관심을 기울이는 사항은 사람과의 관계이다. 어쩌면 이 요소는 시인에게 가장 중요한 관심사일지도 모른다. 시집의 제목이 된 「추석」이란 작품은 한가위의 풍경이랄 수도 있지만 그 풍경의 태반은 어머니에 대한 것이다. 그 중에서도 "연명이란 어머님 젖은 손에/ 식구 수대로 잡힌 숟가락에 달린 것"이란 표현은 소박하면서도 너무 적실하여 독자의 가슴을 뭉클하게 만든다. 「사모곡」이란 이름을 지닌 작품이 따로 있지만 어머니에 대한 그리움의 노래로서 시집을 대표할 만하다. 이 시집에는 부모님 이외에도 누이를 비롯하여 소설가 박경리 선생, 삼호현을 넘어간 뱃사람들, 미농 등 수많은 사람에 대한 시인의 애정이 은은하게 내비치고 있다. 그리고 그 속에는 「가슴앓이 사랑꽃」 같은 작품도 끼어 있다. 이런 종류의 작품은 모두해서 서너 편에 지나지 않는데 과묵한 성품의 의지의 시인답게 아직 다른 사람들에게 꺼내놓고 싶지 않은 속 깊이 감추어진 인 인애는 얼마만큼 더 혼자서 아껴두고 보려는 듯하다.

학문적 온축과 자신의 삶에 대한 성찰, 이 두 가지는 이제 시문학 창작의 길에 들어선 시인이 지닌 힘의 원천이다. 시조의 하위장르를 체계적으로 분류하는 데서 나타난 바와 같이 시인의 두 시집은 단순히 취미생활의 결과물이 아니라 우리의 문화전통이 지닌 현대적 가능성을 묻는 하나의 도전이다. 한국 현대문학과 문예학도 한 세기 이상의 연륜을 지니게 된 만큼 늘 새로운 도전은 모험에 가까운 것이 되지만 그 모험이 없으면 문화의 두께는 형성되지 않는다. 시인에게 첫 시집이라고 하나 기억에 남겨 두고 싶은 작품을 여러 편 읽을 수 있었던 것은 큰 기쁨이었다. 시세에 흔들리지 않고 묵묵히 자신의 길을 찾아 한 걸음씩 나아가는 듬직한 모습을 박경리 선생은 일찍이 '변함이 없는 분'이라고 한 마디로 압축 갈파했지만, 그 일관된 삶의 행정은 학문을 통해 축적된 교양의 힘이면서 끊임없는 주체적 선택의 실천적 과정이라는 점에서 의지적인 시인의 면모를 약여하게 나타내 준다.

# 후 서

　산문 특기였던 고등학교 시절 백일장에서 생겁스럽게 시를 쓴다고 나섰다가 애만 쓰고 만 뒤 시를 점점 멀게만 느끼던 터에, 전공으로 삼은 시조를 통하여 거리가 좁혀지면서 인천의 옛 학원에서 선생님과 선배들이 들려주신 노래 소리를 되살려 따라한 것이 여기 실린 나부랭이들입니다. 서가에 쌓인 시집의 어느 갈피엔가 숨어서 보이지 않는 소리들도 거기에 가담하였을 터입니다. 백일장 시제가 <추석>이었는데 이제야 답안을 낸 느낌입니다.

윤어천

추석

| 초판 1쇄 인쇄일 | 2013년 5월 31일 |
| 초판 1쇄 발행일 | 2013년 6월 01일 |

| 지은이 | 윤어천 |
| 펴낸이 | 정진이 |
| 편집이사 | 박지연 |
| 책임편집 | 신수빈 |
| 편집/디자인 | 이하나 정유진 윤지영 이가람 |
| 마케팅 | 정찬용 권준기 |
| 영업관리 | 한미애 심소영 김소연 차용원 |
| 인쇄처 | 월드문화사 |
| 펴낸곳 | 새미 |

등록일 2005 03 14 제25100-2009-8호
서울시 강동구 성내동 447-11 현영빌딩 2층
Tel 442-4623 Fax 442-4625
www.kookhak.co.kr
kookhak2001@hanmail.net

| ISBN | 978-89-5628-620-4 *04800 |
| 가격 | 12,000원 |

* 저자와의 협의하에 인지는 생략합니다.
새미는 국학자료원의 자회사입니다.
잘못된 책은 구입하신 곳에서 교환하여 드립니다.